Kriemhilds Rache

Willi Fährmann

Kriemhilds Rache

eine alte Sage
neu erzählt

Mit Bildern von Werner Blaebst

Thienemann

CIP-Titelaufnahme der Deutschen Bibliothek

Fährmann, Willi:
Kriemhilds Rache: e. alte Sage neu erzählt /
Willi Fährmann. [Ill. von Werner Blaebst].
Stuttgart; Wien: Thienemann, 1988
ISBN 3 522 14190 3

Gesamtausstattung Werner Blaebst in München
Satz Setzerei G. Müller in Heilbronn
Schrift Garamond
Reproduktionen Reisacher Repro in Stuttgart
Druck und Bindung Wilhelm Röck in Weinsberg

5 4 3 2 1

Uns ist in alten Sagen erzählt von Siegfrieds
Tod.
Hagen hat ihn erschlagen, das bracht' viel
Leid und Not.
Auf Rache sann Kriemhilde, weil Unrecht
sie gesehn.
Das mögt in Wort und Bilde ihr hören nun
und lesen, was geschehn.

Es ist eine abenteuerliche Geschichte, die von Siegfried erzählt wird. Der junge Königssohn war von Xanten nach Worms zu den Burgundern gekommen. Er liebte die schöne Kriemhild, die Schwester der Burgunderkönige Gunther, Gernot und Giselher. Siegfried besaß den unermeßlich großen Nibelungenschatz. König Gunther willigte in Siegfrieds Hochzeit mit Kriemhild ein. Mit Zauberkräften hatte Siegfried ihm nämlich geholfen, Brunhild von Island zu besiegen und zu heiraten. Brunhild jedoch ahnte, daß Gunther sie nicht in ehrlichem Kampf bezwungen hatte. Jahre später erfuhr sie durch Kriemhild, daß Siegfried seine Hand im Spiel gehabt hatte. Da wollte Brunhild ihren Mann und Burgund verlassen und nach Island zurückkehren.

Hagen war der Onkel der burgundischen Könige. Er sah, wie durch diese Ereignisse das Reich in Gefahr geriet. Als Siegfried mit Kriemhild, seinem Vater und vielen Rittern einmal von Xanten zu Besuch nach Worms gekommen war, da brütete Hagen zusammen mit den Königsbrüdern Gunther, Gernot und Giselher einen finsteren Plan aus. Hagen wollte Brunhild versöhnen und tötete Siegfried an einem Quellbrunn im Odenwald.

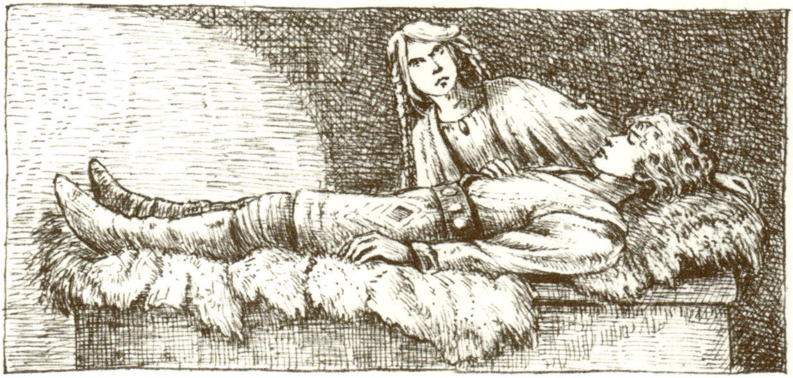

Siegfried war zu Grabe getragen worden. Seine Männer, die mit ihm ins Burgunderland gezogen waren, hielten sich von Gunthers Königshof fern. Siegfrieds Vater, Sigismund, sagte zu Kriemhild: »Deine Brüder Gunther, Gernot und Giselher haben dir schreckliches Unrecht zugefügt. Sie haben es zugelassen, daß Hagen meinen Sohn Siegfried, deinen Mann umgebracht hat. Nicht länger können diese Menschen deine Verwandten und Freunde sein. Komm, zieh mit uns und kehre nach Xanten an den Niederrhein zurück. Du hast dort mit Siegfried glückliche Jahre verlebt. Du bist und bleibst unsere Königin.«

Kriemhilds Mutter Ute jedoch riet ihrer Tochter, bei ihr in der Stadt Worms zu bleiben. Ihre Brüder Gernot und Giselher beteuerten, sie hätten mit Siegfrieds Tod nichts zu schaffen. Sie versprachen ihrer Schwester: »Wer immer dir Böses will, wir stehen auf deiner Seite.« Da half es auch nichts, daß Sigismund Kriemhild an ihren kleinen Sohn erinnerte, der ja in Xanten zurückgeblieben war. Kriemhilds Antwort war: »Ich bleibe in Worms.«

Die Männer aus Xanten sahen ein, daß Kriemhild nicht umzustimmen war. Sie, die fröhlich und als Freunde mit ihrem jungen König nach Burgund gekommen waren, ritten traurig und als Feinde davon. Nur der treue Eckewart blieb mit seinen Leuten bei Kriemhild zurück.

Für Kriemhild ließen ihre Brüder in der Nähe des Wormser Doms ein prächtiges, großes Haus aus edlen Hölzern bauen. Vier Jahre lebte sie dort zurückgezogen. Oft besuchte sie das Grab ihres Mannes. Die Zeit linderte ihre Trauer nicht. Hagen ging ihr aus dem Wege. Nicht ein einziges Mal sah sie ihn. Auch mit ihrem Bruder Gunther sprach sie in all den Jahren nicht ein Wort.

Da sagte eines Tages Hagen zu König Gunther: »Der kostbare Nibelungenschatz ist immer noch nicht in unserem Land. Siegfried hat ihn erbeutet. Siegfried ist tot. Aber Kriemhild lebt. Ich meine, der Hort gehört dorthin, wo Kriemhild wohnt. Es könnte unserem Land Gewinn bringen, wenn wir den Schatz nach Worms holen.« Gunther schaute nachdenklich drein und antwortete schließlich: »Kriemhild vermeidet jede Begegnung mit mir. Sie haßt uns. Sie kann Siegfrieds Tod nicht vergessen. Wenn Frieden wäre zwischen meiner Schwester und mir, dann würde sie wohl eher zustimmen, den Schatz nach Burgund zu bringen.«

»Du mußt versuchen, sie mit dir zu versöhnen«, riet Hagen ihm. »Aber das Netz muß fein geknüpft werden, damit sie nicht merkt, worum es uns geht.« Gunther hätte den reichen Schatz gerne in Worms gesehen. Deshalb stimmte er Hagen zu.

Er ließ seine Brüder rufen und bat alle zu sich, denen Kriemhild gut gesonnen war. So kamen Gernot und Giselher, Ortwein von Metz und der Markgraf Gere.

Gunther sprach zu ihnen: »Viel Wasser ist den Rhein hinabgeflossen, seit Siegfried

ums Leben gekommen ist. Es soll wieder Frieden herrschen zwischen Kriemhild und mir. Sprecht ihr, Freunde, mit meiner Schwester. Ich möchte mich mit ihr versöhnen.« Von dem Schatz aber sagte er kein Wort.
Kriemhild war schließlich bereit, die offene Feindschaft mit Gunther zu beenden. Sie lud ihren Bruder ein. Er kam, und sie redeten lange miteinander. Nach außen hin taten sie freundlich. Gunther jedoch hatte voller Gier den Schatz im Sinn, und Kriemhild wollte ihre Rachegedanken nicht aufgeben.
Es schien, als ob aller Haß und Streit begraben sei. Am Hofe dachten viele, die fröhlichen alten Zeiten könnten doch noch einmal wiederkehren. Da sagte Gunther

eines Tages zu Kriemhild: »Liebe Schwester, im Land der Nibelungen liegt immer noch Siegfrieds großer Schatz. Du bist Siegfrieds Witwe. Dieser Hort gehört allein dir. Wir sollten ihn nach Worms holen.« Kriemhild gefiel der Vorschlag. Sie hatte aber zu Gunther kein Vertrauen. Deshalb sagte sie: »Aber nicht du, sondern Gernot und Giselher sollen den Hort der Nibelungen herbeischaffen.« Und so geschah es. Mit vielen Begleitern ritten die Brüder aus Burgund fort und gelangten bis vor den Berg, in dem der Zwerg Alberich den Schatz hütete.

Alberich wußte wohl, daß all das Gold und Silber und auch die edlen Steine Kriemhild zustanden. Deshalb sträubte er sich nicht, den Hort herauszugeben. Von diesem Tag

an nannte man wegen des Nibelungen-schatzes die Burgunder auch oft die Nibelungen. Zwölf große Wagen, schwer beladen mit kostbaren Dingen, gelangten nach Worms. Gernot und Giselher sorgten dafür, daß alles in Kriemhilds Haus getragen wurde.
Viele Menschen sahen es und staunten über Kriemhilds Reichtum.
Sie aber verschenkte davon freigebig und gewann dadurch unter Gunthers Leuten viele Freunde.
Hagen bemerkte das alles mit Argwohn. Er wußte, daß Kriemhild nur auf den Tag wartete, an dem sie Siegfrieds Tod rächen konnte. Er dachte bei sich: Irgendwann wird sie durch ihren Schatz und die reichen Gaben, die sie austeilt, so mächtig

geworden sein, daß sie uns gefährlich werden kann.
Schließlich teilte er König Gunther seine Gedanken mit. »Die Zahl ihrer Freunde wird größer und größer«, warnte er. »Deine Schwester wird am Ende noch einen Aufstand gegen uns anzetteln.« Das befürchtete Gunther ebenfalls. Aber er war ratlos und erwiderte: »Der Schatz ist ihr Eigentum. Sie kann damit tun und lassen, was immer sie will. Wie sollten wir sie daran hindern?«
»Könnten wir ihr nicht das Übermaß an Reichtum wegnehmen?« fragte Hagen. Gunther zögerte, aber antwortete schließlich: »Ich will nicht noch schwereres Unrecht auf mich nehmen. Wir tragen an Siegfrieds Tod schon Schuld genug.«

Da sprach Hagen leise: »Unser Land gerät in Gefahr. Dabei kann ich nicht tatenlos zusehen. Ich selbst werde Kriemhild den Schatz nehmen. Alle Schuld soll auf mich fallen.«

Gunther widersprach ihm nicht. Hagen brachte die Schlüssel von Kriemhilds Haus an sich und ließ in der Dunkelheit alle Schätze hinaustragen, die zu finden waren. Kriemhild jammerte, als sie den Diebstahl bemerkte und rief ihre jüngeren Brüder herbei. Sie erinnerte Gernot und Giselher an ihr Versprechen und forderte Hilfe von ihnen. »Ihr seid Burgunder«, sagte sie zornig. »Ihr nennt euch stolz nach meinem Schatz ›die Nibelungen‹. Und doch laßt ihr es zu, daß eure eigene Schwester beraubt wird? Daß man ihr stiehlt, was ihr

allein gehört? Nie und nimmer verdient ihr den stolzen Namen, den der Schatz euch gab. Nie und nimmer werde ich euch ›die Nibelungen‹ nennen.« Betroffen verließen Gernot und Giselher das Haus und eilten zu Gunther.
Es kam zum Streit unter den Brüdern. Gernot und Giselher machten Gunther Vorwürfe. Sie beratschlagten lange Tage, was sie tun sollten.
Schließlich kamen sie überein, daß sie den Schatz an einen geheimen Ort schaffen wollten. Sie schworen einander: »So lange wir leben, werden wir nur dann zu dem Nibelungenhort greifen, wenn wir gemeinsam beschlossen haben, wozu wir ihn benützen wollen.« Hagen war das alles nicht verborgen geblieben. »Das Reich

zerfällt, wenn die Herrscher uneins sind«, sagte er zu sich. Er wollte für immer aus der Welt schaffen, worüber es zum Streit gekommen war. In einer finsteren Nacht versenkte er den Nibelungenschatz in der Gegend von Lochheim in den Rhein. Giselher war erbittert über diese Tat. Gernot stimmte seinem Bruder halbherzig zu. Selbst Gunther zeigte sich empört. Er schrie in gespieltem Zorn: »Hagen hat Unrecht getan. Er soll uns aus den Augen gehen.« Da ließ sich Hagen für längere Zeit nicht mehr in Worms sehen. Aber schließlich begann Gras über diese Sache zu wachsen, und Hagen konnte ungestraft zum Hof zurückkehren. Das machte Kriemhilds Schmerz noch größer. Sie überlegte, ob sie nicht von Worms wegziehen

sollte. Ihre Mutter Ute bot ihr an, mit ihr in Lorsch zu wohnen. Dort hatte sie ein großes Kloster und auch ein Haus für sich bauen lassen. Kriemhild gefiel dieser Plan. Aber von dem Grab ihres Mannes wollte sie sich nicht trennen. Sie bestand darauf, daß Siegfrieds Leichnam von Worms nach Lorsch gebracht wurde. Als ihr Umzug kurz bevorstand, trat ein Ereignis ein, das ihr Leben ganz und gar verändern sollte.

Fern an der Donau im Lande der Hunnen herrschte ein mächtiger König mit Namen Etzel. Dem war seine schöne Frau Helche gestorben.
In Etzels Diensten standen auch Männer aus anderen Ländern. Darunter waren Burgunder. Diese rieten Etzel, er solle in

Worms anfragen lassen, ob Kriemhild ihn nicht heiraten wolle. Etzel sagte: »Ich bin kein Christ. Sie wird mich abweisen.«
Da ergriff Rüdiger das Wort und sprach: »König Etzel, du hast mich, den Burgunder, zu deinem Markgrafen gemacht. Ich schütze deine Grenzen rund um meine Stadt Bechlaren. Von Kindheit an kenne ich Kriemhild und ihre Brüder. Ich rate dir, sende Boten nach Worms, die um Kriemhild werben sollen.«
Und er erzählte König Etzel von Kriemhilds großer Schönheit.
Etzel schien der Gedanke sehr verlockend, um eine solche Frau zu werben. Er entschloß sich, Rüdiger selbst nach Worms zu senden, und drängte den Markgrafen, aufzubrechen.

Aber Rüdiger gab zu bedenken, daß eine solch weite Reise gut vorbereitet werden müsse. Mit prächtigen Kleidern sollte die Reisegesellschaft ausgestattet werden, damit der Glanz von König Etzels Reich bis nach Worms ausstrahle.
Nach 24 Tagen endlich war es soweit. In Bechlaren hatte sich die Reiterschar gesammelt. Sie war herrlich anzuschauen. Rüdigers Frau, die Markgräfin Gotelind, hatte ihre kostbarsten Stoffe hergeschenkt. Für alle, die mit Rüdiger ritten, waren neue Kleider genäht worden. Rüdiger nahm Abschied von Gotelind und seiner Tochter. Zwölf Tage dauerte die Reise. Durchs Baiernland ging es und über die Donau, und endlich sahen sie in der Ferne die Türme des Wormser Doms.

König Gunther war die Ankunft der Fremden gemeldet worden. Niemand konnte ihm sagen, wer da in so einem reichen Aufzug herankam. Gunther ließ Hagen fragen. Der erkannte den Markgrafen von Bechlaren. Die Kunde von Rüdigers Ankunft sprach sich schnell herum. In Gunthers Thronsaal strömten viele Burgunder zusammen, die Rüdiger von früher her kannten. Ortwein von Metz und Gere, Dankwart, Hagens jüngerer Bruder, Volker von Alzey, die Könige schließlich, alle empfingen voll Freude den Markgrafen und seine Begleiter. Rüdiger aber hielt mit seiner Botschaft nicht lange zurück und trug König Etzels Bitte vor. Gunther antwortete: »Wenn Kriemhild zustimmt, warum sollten wir dagegen sein?« Doch er bat sich bis zur endgültigen Antwort sieben Tage Zeit aus. Während Rüdiger und die Leute aus Bechlaren im Gästehaus untergebracht wurden, berieten die Nibelungen, was sie tun sollten. Fast alle dachten, daß es für Kriemhild nach all den schlimmen Jahren ein Glück sei, wenn sie Etzels Frau werden könne. Nur Hagen blieb mürrisch und zeigte sich wenig erfreut. »Ich bin dagegen«, sagte er. »Wir werden es noch beklagen, wenn wir sie zu Etzel gehen lassen.«

Giselher wurde wütend und rief: »Hagen hat meiner Schwester viel Leid angetan. Er gönnt ihr nichts Gutes.«

Hagen entgegnete kühl: »Etzel ist ein König mit einem großen Reich. Wenn Kriemhild viel Macht bekommt, dann ist das eine Gefahr für Burgund.« Aber auch Gernot war anderer Ansicht als Hagen. »Das Hunnenland ist weit weg. Niemand kann uns zwingen, dorthin zu reisen.« Hagen ließ nicht nach, Warnungen auszusprechen.

Giselher vor allem setzte sich für seine Schwester ein. Schließlich stand Hagen mit seiner Meinung ganz allein. Sie schickten zuerst Gere zu Kriemhild. Dann gingen auch Gernot und Giselher in ihr Haus, und alle redeten ihr zu, den Antrag Etzels anzunehmen. Doch Kriemhild weigerte sich.

»Ihr treibt Spott und Hohn mit mir«, klagte sie. »Ihr wißt doch, daß ich Siegfried nicht vergessen kann. Und ähnlich wird's auch Etzel zumute sein. Wie sollte er sich

die schöne Helche aus dem Sinn schlagen?«

So sehr die Brüder auch in sie drangen, sie änderte ihre Meinung nicht.

Erst als Rüdiger, der Freund aus ihren Kindertagen, ihr schilderte, wie schön es am Königshofe der Hunnen sei, da wurde sie nachdenklicher.

»Ich will mich morgen entscheiden«, sagte sie. Sie lag die ganze Nacht schlaflos in ihrem Bett. Am nächsten Tag sprach sie noch einmal lange mit Rüdiger.

»Ich werde bei euch eine Fremde bleiben«, sagte sie. »Wer steht mir bei, wenn mir im fernen Land Leid geschieht?«

Da schwor Rüdiger ihr: »Meine Männer und ich werden immer für dich da sein.«

Da dachte Kriemhild: Wenn ich erst

Königin im Hunnenland bin, wer weiß, vielleicht ergibt sich eine Möglichkeit, Hagen heimzuzahlen, was er mir angetan hat.

Sie sagte zu Rüdiger: »Gut, ich will mit dir in König Etzels Land ziehen. Aber es wäre mir lieb, wenn ich nicht als Bettlerin dorthin käme. Hagen soll den Nibelungenhort herausgeben, den er mir geraubt hat.«

Hagen jedoch dachte nicht daran, das zu tun. Da schenkte Gernot ihr aus dem Königsschatz Geld und Gold, damit sie nicht arm zu den Hunnen gehen mußte.

Zwölf Tage dauerten die Vorbereitungen. Dann brachen die Burgunder auf. Eckewart hatte sich entschlossen, mit der Königin in das ferne Land zu ziehen. Es war ein Abschied für lange Zeit. Eine

Strecke Wegs wurde Kriemhild von ihren Brüdern Gernot und Giselher, von Volker und Ortwein von Metz begleitet, ja, sogar der Küchenmeister Rumolt zog ein paar Tagesreisen weit mit. Gunther war schon am Wormser Stadttor umgekehrt. Rüdiger sandte Boten voraus, die auf dem ganzen Weg die Ankunft Kriemhilds ankündigten. In Passau war die Freude besonders groß. Hier lebte Bischof Pilgrim, ein Onkel Kriemhilds. Er eilte ihr von seiner Bischofsstadt bis Pledelingen entgegen und begleitete sie.

Auch Gotelind war von Bechlaren aus aufgebrochen, um Kriemhild und ihren Mann Rüdiger an der Landesgrenze willkommen zu heißen. Der Reiterzug ließ nicht lange auf sich warten. Alle stiegen von ihren Pferden. Die Sonne stand hoch am Himmel. Kriemhild und Gotelind setzten sich in den Klee und waren nach kurzer Zeit sehr vertraut miteinander. Aber bald drängte Rüdiger zum Aufbruch. Gegen Abend erblickten sie die schöne Stadt Bechlaren am Ufer der Donau. Zum Empfang waren die Tore weit geöffnet. Rüdigers und Gotelinds Tochter begrüßte die Gäste. Sie nahm Kriemhild bei der Hand, führte sie umher und zeigte ihr die stolze Burg. Kriemhild wurde mit ihrem Gesinde in den schönsten Zimmern untergebracht. Lange jedoch konnte Kriemhild nicht in der gastfreundlichen Stadt bleiben. Ihr Onkel Pilgrim verabschiedete sich, und auch Gotelind und ihre Tochter sagten Lebewohl. Die Reise ging weiter

donauabwärts. Oft standen freundliche Menschen am Wege und boten einen Becher Wein als Willkommenstrunk an. Sie durchquerten auf kürzestem Wege das Land der Österreicher.
An der Traisen besaß König Etzel eine große Burg. Hier warteten die ersten Hunnen auf Kriemhild. Die Burgunderin war hoch erfreut, als sie merkte, daß sie bereits jetzt wie eine Königin empfangen wurde. Der Hunnenkönig aber wollte nicht länger in der Etzelsburg warten und eilte Kriemhild entgegen. Russen und Griechen, Polen und Wallachen, Männer aus Kiew und die wilden Reiter aus Petschenegen begleiteten ihn. In der Donaustadt Tuln begegneten die Königin aus dem Burgunderland und der Herrscher

der Hunnen einander.
Vierundzwanzig Fürsten ritten Etzel zur Seite. Herzog Ramigs Reiter flogen leicht wie Vögel über die Steppe. Herzog Gibeche ritt neben Etzel, und die Hornbläser des Herzogs Hornbogi spielten eine feierliche Empfangsmusik. Aus Dänemark stammten der kühne Hawart und Iring; Irnfried von Thüringen gehörte zu Etzels Begleitung, und der Bruder des Königs, Herr Blodelin, kam mit vielen, vielen Reitern zur Begrüßung. Auch der Amelunger Dietrich von Bern stand an Etzels Seite.
Kriemhild war überrascht von diesem festlichen Empfang. Rüdiger flüsterte ihr zu: »Ich werde dir Zeichen geben, wen von den Fürsten du zum Gruße küssen

sollst.« Und er zeigte ihr die zwölf vornehmsten Männer, an ihrer Spitze König Etzels Bruder Blodelin.
Da trat auch Etzel zu ihr und reichte ihr die Hand. Großer Jubel klang auf. Viele sahen, daß Kriemhild sehr schön war, anders zwar als die verstorbene Helche, aber doch sehr, sehr schön. Auf dem Feld hatten die Hunnen eine große Zeltstadt aufgebaut. Übermütig ritten die Männer den Buhurt, ein wildes Kampfspiel, in dem sie ihre Kräfte und ihre Geschicklichkeit maßen. Etzel saß neben Kriemhild und hielt ihre Hand.
Am nächsten Morgen ging es weiter nach Wien. Dort wurde in aller Pracht die Hochzeit gefeiert. Ein schöneres Fest hatte nie ein Mensch gesehen. Siebzehn Tage

lang dauerten die Feierlichkeiten. Geschenke wurden ausgeteilt, Turniere geritten, Festmähler abgehalten. Die Zeit verging wie im Fluge. Etzels Musikanten Schwemmelin und Werbelin spielten für Kriemhild. Bei den schwermütigen Melodien fiel ihr Siegfried ein, und ihre Augen füllten sich mit Tränen. Selbst bei diesem herrlichen Fest konnte sie ihn nicht vergessen.

Als die Sonne in Wien zum achtzehnten Mal aufging, zog die ganze Schar weiter. In Wieselburg lagen geschmückte Schiffe am Donauufer. Zu Wasser ging die Reise bis zur Etzelsburg weiter. In der weiten Halle wurde Kriemhild zum Thron der Königin Helche geführt. Als sie sich auf diesem kostbaren Sessel niederließ, spürte

Kriemhild es zum ersten Mal ganz deutlich: Ihr war Macht in die Hände gelegt. Sie war Königin in einem großen Reich. Das erfüllte sie mit Freude. Sie wußte, daß die Zeit ihrer Rache nähergekommen war.
Nach sieben Ehejahren brachte Kriemhild einen Sohn zur Welt. Etzel war glücklich. Sie nannten das Kind Ortlieb.
Kriemhild gab sich große Mühe, eine gute Königin zu sein. Sie lernte die fremden Sitten an Etzels Hof kennen und gewann viele Freunde. Aber so gut es ihr in der Etzelsburg auch gehen mochte, immer häufiger kam ihr die Heimat in den Sinn. Die schrecklichen Bilder von Siegfrieds Tod konnte sie nicht vergessen. Sie wünschte sich ihre Mutter Ute herbei. Oft träumte

sie, ihr lieber Bruder Giselher ginge mit ihr Hand in Hand. Je stärker ihr Heimweh wurde, um so häufiger kam ihr der Verdacht, daß Gunther und Hagen ihr eine Falle gestellt hatten. War sie absichtlich weit weg in ein fernes Land geschickt worden? Der alte Haß flammte stärker auf denn je. Eines Nachts, als sie bei Etzel lag, sagte sie zu ihm: »Ich bin nun schon zwölf Jahre lang deine Frau. Der einzige, der aus meiner Heimat mitgekommen ist, ist mein Kammerherr, der treue Eckewart. Wie schön wäre es doch, wenn ich meine Brüder und die alten Freunde aus dem Burgunderland einmal wiedersehen könnte. Es kränkt mich, daß mich in all den Jahren noch kein einziger von ihnen besucht hat.«

König Etzel liebte seine Frau so sehr, daß er ihr jeden Wunsch erfüllt hätte. Gleich am nächsten Morgen rief er seine Spielleute Schwemmelin und Werbelin zu sich. Er befahl ihnen, mit vierundzwanzig schnellen Reitern nach Worms zu eilen und die Burgunder in die Etzelsburg einzuladen. Am Tag der Sommersonnenwende sollte ein großes Fest gefeiert werden.
Kriemhild ließ die Spielleute heimlich zu sich kommen.
»Ich will euch reich belohnen, wenn ihr eure Sache gut macht«, versprach sie. »Sorgt dafür, daß mein Bruder Gernot alle Freunde mitbringt. Giselher sähe ich besonders gern im Hunnenland. Er hat mir niemals ein Leid angetan.« Sie schwieg eine Weile. Schon wollten sich die Spielleute

zurückziehen, da befahl sie sehr eindringlich: »Auch Hagen von Tronje darf nicht fehlen. Wenn er in Worms zurückbleiben will, so sprecht mit meiner Mutter Ute. Hagen allein kennt die Wege ins Hunnenland aus seiner Jugendzeit gut. Schließlich war damals er hier bei euch an Etzels Hof. Wer sollte meine Brüder wohl sicher hierher bringen, wenn nicht er, der Weg und Steg kennt?«
Die Boten dachten an nichts Böses. Mit Briefen und Geschenken machten sie sich auf den Weg. Sie ritten schnell und hielten sich auch bei Rüdiger in Bechlaren nur kurz auf. So gelangten sie bereits nach zehn Tagen an den Rheinstrom.
Hagen waren die beiden Spielleute wohlbekannt. Sie wurden mit Freuden in

die Burg geführt. Dort überbrachten sie Grüße von Etzel und Kriemhild und sprachen die Einladung aus. Gunther bat sich eine Bedenkzeit aus. Der König befragte alle seine Vertrauten, was sie von der Einladung hielten. Es begann ein hitziges Für und Wider. Hagen warnte die Könige: »Ich kenne eure Schwester gut. Sie hat nichts Gutes im Sinn. Sie kann nicht vergessen, was ihr in Burgund geschehen ist.«

»Du hast ihr in der Tat viel Böses angetan, Hagen von Tronje. Was haben aber wir damit zu schaffen?« schrie da Giselher, und er warf Hagen vor: »Du wirst alt und fürchtest dich. Bleib doch du zu Hause, wenn du willst.« Der Küchenmeister Rumolt jedoch und auch Ortwein stimmten Hagen zu. Gunther wunderte sich über seine Leute und spottete: »Ich glaube, euch genügt es, wenn ihr eure Ruhe habt.«

Hagen merkte, daß die Könige seine Warnungen in den Wind schlugen und seinem Rat nicht folgen wollten. Da sagte er: »Wenn es sein muß, dann reite ich mit. Aber eines sage ich euch, wir tun gut daran, wenn wir alle unsere Kampfgefährten sammeln und mit unseren besten Waffen zum Ritt ins Hunnenland aufbrechen.«

Den Rat fanden alle gut. Während Hagens Bruder Dankwart und der Spielmann Volker, auch Gere und Ortwein ihre Männer zusammenriefen, hielt Hagen die Boten Etzels voller List zurück. Sie sollten nicht lange vor ihnen bei Etzel ankommen. Bis ins Schwabenland begleitete Gernot die Spielleute Werbelin und Schwemmelin. Von dort aus ritten sie eilends allein weiter und sagten auf ihrem ganzen Wege an, daß bald die Burgunder als Gäste und in Freundschaft zu Etzels Königshof ziehen wollten. Bischof Pilgrim in Passau und Rüdiger und Gotelind in Bechlaren freuten sich sehr und wollten den Reisenden einen herzlichen und gastfreundlichen Empfang bereiten. Mehr als alle anderen erfüllte aber Kriemhild die Botschaft der Spielleute mit Genugtuung. Ihr Herz schlug dumpf, und das Blut stieg ihr in den Kopf, als sie hörte, daß Hagen von Tronje unter den Gästen sein werde. Sie belohnte Werbelin und Schwemmelin reich für diese willkommene

Nachricht. In ihrer Freude lief sie zu Etzel und rief: »Alles, was mein Herz begehrt, geschieht nun. Wie gefällt dir die Kunde aus dem Land der Burgunder?«

»Was dir Freude macht, Kriemhild, das gefällt mir auch«, antwortete Etzel. Er ahnte nicht, wieviel Leid dieser Besuch ihnen noch bringen sollte.

Als in Worms die Zeit zum Aufbruch gekommen war, hatte Ute in der Nacht zuvor einen schweren Traum. Sie sah, wie alle Vögel in Burgund tot vom Himmel fielen. Gernot fragte seinen Onkel Hagen voll Spott: »Lauter düstere Vorzeichen, alter Recke. Willst du nicht doch lieber zu Hause bleiben? Schließlich hat Kriemhild allen Grund, dir Böses zu wünschen.«

»Niemals lasse ich meine Könige allein. Ich

fürchte mich nicht und glaube nicht an Traumgesichte. Wenn ihr also unbedingt ins Hunnenland wollt, dann laßt uns aufbrechen.«
An demselben Tag noch setzten sie mit Schiffen über den Rhein. In den Uferwiesen an der anderen Seite des Stroms schlugen sie ihre Zelte auf. Sie nahmen am nächsten Morgen Abschied voneinander. Noch einmal beklagte Rumolt, ein kühner Mann, den Plan. Er sagte: »Ich will nicht mit offenen Augen ins Verderben rennen.«
Gunther war in der Abschiedsstunde milde gestimmt. Er machte Rumolt keine Vorwürfe. Er vertraute ihm vielmehr seine Frau Brunhild, sein Kind und das ganze Land an.
Die Rosse standen gesattelt, die Männer

saßen auf und winkten ein letztes Mal zurück. In vielen Augen sah man Tränen. Bei dem Reitertroß befand sich auch ein Feldkaplan. Der sollte unterwegs die Messe feiern.

Sie ritten mainaufwärts durch Ostfranken und lagerten nach zwölf Tagereisen an der Donau. Der Fluß führte Hochwasser. Die Flut war weit über die Ufer getreten. Hagen fand keine Furt. Deshalb machte er sich auf, einen Fährmann zu suchen, der es wagte, sie über den reißenden Strom zu setzen.

Frühnebel lag über dem Wasser. Da hörte Hagen ein Plätschern. Er verbarg sich hinter einem Strauch und entdeckte zwei seltsame Frauen, die nicht weit vom Ufer entfernt badeten. Ihre Kleider hatten sie auf

einem Stein abgelegt. Hagen hatte schon öfter von geheimnisvollen Wasserfrauen gehört. Schnell nahm er ihre Kleider an sich. Da schwammen sie geschickt wie Fische näher zu Hagen heran. »Gib uns unsere Kleider zurück«, baten sie. »Wir wollen dir dann die Zukunft voraussagen.«
»Erst die Weissagung«, forderte Hagen, »dann die Kleider.«
Die erste mit Namen Hadeburg sprach: »Ihr werdet eine gute Reise in Etzels Land haben, und alle deine Befürchtungen sind überflüssig.« Da gab Hagen die Kleider zurück.
Die andere Wasserfrau aber sagte: »Weil meine Muhme die Kleider zurückhaben wollte, deshalb hat sie dir etwas von einer glücklichen Reise vorgegaukelt. In

Wirklichkeit verhält sich alles anders. Tod und Teufel führen euch bei der Hand. Unglück wird über euch alle kommen, die ihr in Etzels Land zieht.«
»Wie kann das sein?« fragte Hagen. »Es ist doch nur Kriemhild, die uns Tod und Verderben wünscht.«
Da gaben ihm die Wasserfrauen genauere Auskunft: »Damit du uns glaubst, sagen wir dir voraus: Nur einer, nur ein einziger von all euren Leuten wird mit dem Leben davonkommen und nach Worms zurückkehren. Das ist der Feldkaplan, der mit euch gezogen ist.«
»Das glaubt mir kein Mensch«, rief Hagen aus. »Die Burgunder lassen sich nicht davon abbringen, ins Hunnenland zu reiten. Deshalb zeigt mir eine Fähre, die

uns ans andere Ufer bringen kann.«
Da verrieten ihm die Frauen, wie Hagen trotz des hohen Wassers einen starken Fährmann herüberlocken könnte: »Etwas weiter stromaufwärts gibt es einen Fährmann. Der ist ein treuer Mann seiner Herren Else und Gelfrat, die das Land drüben beherrschen. Ruft nach dem Fährmann und bietet ihm ein gutes Fährgeld.«
»Und wenn er nicht kommen will?« fragte Hagen.
»Dann hilft nur eins. Ruft hinüber, daß es Amelrich ist, der ans andere Ufer will. Amelrich ist sein Bruder. Dann wird er bestimmt kommen.«
Bevor die Wasserfrauen in Naß und Nebel verschwanden, riefen sie Hagen noch zu: »Nehmt euch in acht! Der Fährmann ist

ein starker Mann. Markgraf Else hält große Stücke auf ihn.«
Hagen fand die Anlegestelle, wie die Frauen gesagt hatten. Der Fährmann aber ließ sich durch Gold und Geld nicht herüberlocken. Da rief Hagen, daß Amelrich es sei, der den Fluß überqueren wolle. Tatsächlich löste der Fährmann sein Schiff und ruderte zu Hagen hinüber. Als er sah, daß es nicht sein Bruder Amelrich war, der dort auf ihn wartete, rief er zornig: »Ich fahre dich nicht hinüber. Vielleicht trägst du auch den Namen Amelrich, aber mein Bruder bist du nicht.«
Hagen aber sagte ihm, daß nicht nur er, sondern viele hundert Burgunder übergesetzt werden wollten. Er sprang zu dem Fährmann ins Boot und versprach: »Du

kannst einen guten Fährlohn verdienen.« Der Fährmann lehnte ab und antwortete: »Mein Herr Else hat viele Feinde. Hier kommt keiner über den Strom. Wenn dir dein Leben lieb ist, dann spring aus meinem Schiff.«
Noch einmal bot Hagen ihm Geld und Gold an. Aber die Antwort des Fährmanns war ein Hieb mit dem schweren Ruder. Hagen sank von der Wucht des Schlages in die Knie. Der Fährmann war bärenstark und versetzte Hagen mit einer Holzstange einen weiteren Schlag. Der war so heftig, daß die Stange in tausend Splitter zerbarst. Da packte Hagen der Zorn. Er zog sein Schwert, tötete den Fährmann und warf den Leichnam über Bord. Das Schiff aber wurde von der Strömung weggerissen.

Hagen hatte Mühe, es wieder in Ufernähe zu bringen. Dort, wo die Burgunder lagerten, lenkte er das Schiff ans Land. Gunther sah das frische Blut an den Schiffsplanken. »Ich habe das Schiff so vorgefunden«, beteuerte Hagen.
»Es nützt alles nichts«, sagte Gernot, »ohne Schiffer kommen wir nie und nimmer lebendig hinüber.«
Hagen aber sagte: »Am Rhein gelte ich stromauf, stromab als der beste Fährmann. Rhein oder Donau, Wasser ist Wasser.« Und er begann, die Burgunder in vielen Fahrten an das andere Donauufer überzusetzen. Bei der letzten Fahrt war auch der Feldkaplan im Boot. Mitten im Strom packte Hagen ihn und warf ihn über Bord. »Halt, halt!« schrien da einige und wollten

den Feldkaplan retten. Doch Hagen drängte sie zurück, drückte den Kaplan mit dem Ruder unter Wasser und stieß ihn vom Schiff weg. Der Kaplan schwamm um sein Leben und erreichte mit knapper Not das jenseitige Ufer.

Als das Boot an Land stieß und alle ausgestiegen waren, schlug Hagen ein Leck in die Bordwand und schob das Schiff zurück in die Strömung. Da fragte sein Bruder Dankwart: »Warum versenkst du das Schiff? Wir werden es nötig haben, wenn wir aus dem Hunnenland zurückkommen.«

»Niemand von uns wird je Burgund wiedersehen«, antwortete Hagen leise. Zu den anderen aber sagte er: »Ich habe das Schiff zerschlagen, damit keiner einen Weg

zurück findet, wenn ihn die Furcht packt.« Volker, Hagens bester Freund, ahnte, daß der Kaplan nicht ohne Grund ins Wasser gestoßen worden war. Als der Kaplan den Spielmann vorwurfsvoll fragte, warum Hagen wie ein Mörder an ihm getan habe, da sagte Volker: »Frage ihn selbst. Er wird es schon wissen.«
Hagen lachte und antwortete: »Es tut mir leid, daß du lebendig davongekommen bist. Für uns alle wäre es besser, wenn du tot auf dem Grunde der Donau lägst.« Den Feldkaplan packte die Angst vor dem schrecklichen Hagen, und er weigerte sich, weiter mit den Burgundern zu ziehen. Da entließ König Gunther ihn und erlaubte ihm, in die Heimat zurückzukehren.
Hagen wußte es nun ganz gewiß, daß die

Wasserfrauen ihm die Wahrheit vorausgesagt hatten.
Bevor sie weiterritten, teilte Hagen den Burgundern mit, was die Frauen ihm am Morgen am Fluß geweissagt hatten. Als die Männer die Unglücksbotschaft hörten, fuhr ihnen der Schreck in die Glieder. Hagen rief: »Und daß ihr es wißt, ich habe tatsächlich selbst den Fährmann erschlagen. Es steht zu erwarten, daß seine Herren Else und Gelfrat uns nicht ungeschoren durch ihr Land ziehen lassen werden.« Da fragte Gunther: »Und was soll jetzt geschehen?«
Volker bot an: »Ich will euch führen. Ich kenne den Weg.« Er warf seine Fiedel über den Rücken. Damit jeder ihn gut sehen konnte, band er an seine Lanze einen

rotleuchtenden Wimpel.
Hagen und sein Bruder Dankwart und ihre Leute bildeten die Nachhut. Sie ritten den ganzen Tag. Als die Nacht hereinbrach, näherten sich fremde, schwerbewaffnete Reiter. Hagen erkannte unter ihnen Else und Gelfrat.
»Ihr habt unseren Fährmann erschlagen«, rief der Markgraf Gelfrat aus dem Baiernland.
Hagen bekannte, daß er das getan habe.
»Er wollte uns nicht übersetzen«, sagte er.
»Als er mich angriff, da habe ich ihn getötet.«
Es half nichts, daß Hagen ein Sühnegeld für den Toten anbot. Die Baiern griffen die Nachhut der Nibelungen an.
Mit einem mächtigen Stoß warf Gelfrat

den starken Hagen aus dem Sattel, sprang vom Pferd und schlug mit dem Schwert auf seinen Gegner ein. Hagen mußte den Schild fallen lassen und konnte nur mit Mühe die wilden Angriffe Gelfrats abwehren. In höchster Not schrie er: »Dankwart, mein Bruder, steh mir bei.« Dankwart hatte mit Else gekämpft und ihm eine schwere Wunde geschlagen. Er eilte seinem Bruder Hagen zu Hilfe und überwand Gelfrat. Da mußten die Baiern fliehen. Hagen und Dankwart folgten ihnen, entfernten sich aber nicht zu weit vom Burgunderzug.
Am folgenden Morgen bemerkte König Gunther die Spuren des Kampfes an Hagens Leuten und erfuhr, was sich ereignet hatte.

Weiter ging es. In Passau wurden sie freundlich aufgenommen. Bischof Pilgrim begrüßte seine Verwandten, und sie verbrachten einen Ruhetag in der Nähe der schönen Stadt am Zusammenfluß der drei Flüsse Ilz, Inn und Donau.
In scharfem Ritt näherten sie sich bald der Grenze von König Etzels Land. Die Grenzmark wurde von Rüdiger geschützt. Der hatte als Wache den alten Gefährten der Burgunder, den treuen Eckewart, aufgestellt. Eckewart aber war eingeschlafen. Hagen nahm ihm das Schwert ab. Da schreckte Eckewart aus dem Schlaf auf und war sehr beschämt. Doch Hagen lachte und gab ihm seine Waffe zurück. Eckewart bedankte sich und warnte die Nibelungen davor, weiter ins

Hunnenland hineinzureiten. »Viele an Etzels Hof hassen euch«, sagte er. »Wenn ihr nicht wachsam seid, dann wird euch die Reise schlecht bekommen.«
König Gunther bat Eckewart, die Ankunft der Burgunder bei Markgraf Rüdiger in Bechlaren anzukündigen.
Rüdiger freute sich sehr über die Nachricht. Als die Burgunder in die Stadt einzogen, winkten ihnen die Bewohner zu. Die meisten Männer aus Burgund lagerten in einer Zeltstadt, die Könige und ihre Freunde aber wurden zur Burg geführt. Am Eingang stand Gotelind mit ihrer schönen Tochter. Mit einem Kuß wurden die Männer begrüßt. Abends beim festlichen Mahle saßen sie beieinander. Die Burgunder mußten von ihrer Heimat

erzählen und waren begierig auf das, was Rüdiger von Etzel zu berichten wußte. Der Markgraf rühmte den Hunnenfürsten und sagte: »Er hat mir nur Gutes getan.«
Rüdigers schöne Tochter war auch im Saal. Volker rief übermütig: »Wenn ich ein Fürst wäre, Rüdiger, ich würde bitten, daß ich eure Tochter zur Frau bekäme.«
Rüdiger lachte und antwortete: »Ein Markgraf hat kein eigenes Land. Auch bin ich kein reicher Mann. Was hilft da Schönheit?«
»Wenn ich mir eine Liebste aussuchen könnte«, sagte Gernot laut, »ich würde nicht danach schauen, ob sie auf einem Geldsack sitzt.«
Da erhob sich Hagen und schlug vor: »Giselher ist noch unverheiratet. Wie wäre

es, wenn Rüdigers und Gotelinds Tochter den jüngsten Königssohn aus Worms zum Mann nimmt?«

Der Vorschlag gefiel allen. Nach altem Brauch wurde Rüdigers Tochter in einen Ring gestellt und gefragt, ob sie Giselher zum Mann wollte. Sie sagte, ja, sie nähme ihn gern.

Da versprach Rüdiger, daß er seine Tochter bei der Rückkehr der Burgunder mit Giselher an den Rhein ziehen lassen werde.

Vier herrliche Tage verbrachten die Nibelungen in Bechlaren. Die Könige und ihre Gefährten wurden reich mit Gaben bedacht. Gunther erhielt einen kunstvoll geschmiedeten Brustpanzer, Gernot ein blinkendes Schwert.

Gotelind fragte Hagen: »Freund, was kann

ich dir zum Abschied schenken?« Hagen hatte im Saal an der Wand einen schön verzierten, festen Schild hängen sehen. Den erbat er sich. Da schossen Gotelind die Tränen in die Augen. Denn der Schild hatte ihrem Sohne Nudung gehört. Dieser war im Kampf von Wittich getötet worden.

Gotelind hob den Schild von der Wand und reichte ihn Hagen.

Als Volker merkte, wie traurig die Markgräfin geworden war, griff er zur Fiedel, spielte auf und sang ihr zum Trost ein Lied.

Dann setzte sich der Zug der Burgunder in Bewegung. Rüdiger begleitete die Gäste. Er sorgte dafür, daß alle sicher durchs Hunnenland reisen konnten. Je näher die Nibelungen der Etzelsburg kamen, um so

häufiger trafen dort Boten ein. Etzel freute sich auf die Tage mit den Verwandten vom Rhein. Kriemhilds Blick aber wurde dunkel vor Haß. Sie konnte es kaum erwarten, bis ihr Wunsch nach Vergeltung sich erfüllen würde. Hildebrand und Dietrich von Bern waren auch an Etzels Hof. Als sie hörten, daß die Burgunder nicht mehr weit waren, da ritten sie ihnen entgegen.
Hagen waren die tapferen Männer aus dem Amelungerland bekannt. Er sprang vom Pferd und ging ihnen wie ein Freund entgegen. Das taten auch seine Gefährten. Dietrich hieß sie willkommen und sagte: »Ihr wißt ja wohl, was euch erwartet. Kriemhild weint immer noch, so oft sie an Siegfrieds Tod denkt.«
»Soll sie doch weinen«, antwortete Hagen

voller Hohn. »Siegfried steht davon nicht wieder auf. Sie hat doch Etzel zum Mann. Irgendwann wird sie sich schon damit abfinden müssen.«
Dietrich aber schaute besorgt drein und entgegnete: »Solange sie atmet, wird sie Siegfrieds Tod nicht vergessen. Nehmt euch in acht. Wenn sie euch schaden kann, dann wird sie es tun.«
Da berieten die Männer, was zu tun sei. Schließlich rief Volker: »Wir können nichts daran ändern, meine Freunde. Wir sind eingeladen und werden hingehen. Sollen die Hunnen doch kommen! Wir sind gewohnt zu kämpfen, wenn es sein muß.«
So ritten sie am Tag der Sonnenwende in die Etzelsburg ein. Überall standen Menschen am Weg. Wenn Hagen sich

näherte, klang Murmeln und Geraune auf. Es hatte sich herumgesprochen, daß er Siegfried hinterrücks getötet hatte. Die Leute staunten über Hagens mächtigen Wuchs. Obwohl sein Haar schon grau war, saß er stolz und gerade im Sattel. Sein Gesicht war wie von Stein.

Kriemhild empfing die Gäste. Sie küßte den jungen Giselher, aber ihren Onkel Hagen von Tronje beachtete sie nicht. »Das ist ja eine seltsame Begrüßung«, sagte Hagen und band seinen Helm fester.

Kriemhild rief: »Ihr seid willkommen für alle, die euch mit Freuden sehen.« Dann wandte sie sich an Hagen und fragte: »Was bringst du mir mit aus meiner Vaterstadt?«

»Wir hatten genug an Schwert und Schild, an Helm und Kettenpanzer zu tragen«, gab

Hagen ihr zur Antwort.
»Und was ist mit meinem Schatz der Nibelungen, Hagen?«
»Den habe ich dort versenkt, wo der Rhein am tiefsten ist«, sprach Hagen, und er fügte hinzu: »Und deinen Brüdern war das nur recht. Mag er dort liegen bis zum Jüngsten Tag.«
»Nun, ich bin reich genug und brauche den Schatz nicht«, sagte Kriemhild. »Aber Mord und Raub, Hagen, das schreit nach Sühne.«
Die Knechte und Dienstleute der Burgunder wurden in eine Herberge abseits der Burg geführt. Hagen trug seinem Bruder Dankwart auf, mit ihnen zu gehen und die Augen offenzuhalten, damit ihnen nichts Böses geschehe. Die Könige

und ihre nächsten Freunde aber wurden in die Festhalle geladen. An der Tür sollten sie alle Waffen abgeben. Doch Hagen befahl, in voller Rüstung hineinzugehen. Da wußte Kriemhild, daß die Burgunder gewarnt worden waren. Sie sprach kein Wort mehr, verließ den Saal und ging in die Frauengemächer. Etzel erkannte Hagen wieder, der vor Jahren den Hunnen gedient hatte und ihm ein Freund geworden war.
Nach der Begrüßung zogen sich alle zurück. Sie wollten sich auf das Empfangsfest vorbereiten. Hagen aber bat seinen Freund Volker, sich mit ihm in den Hof auf eine Bank zu setzen. Diese lag genau Kriemhilds Fenster gegenüber. Die beiden wurden von vielen Hunnen neugierig betrachtet.

Auch die Königin erblickte die Männer und weinte laut auf. Sie klagte den Hunnen ihr Leid und forderte sie auf, für sie zu kämpfen und Hagens Schandtat zu rächen. Mit einer großen Schar bewaffneter Kämpfer schritt sie die hohe Treppe hinab. Sie hatte ihre goldene Krone aufgesetzt. Schon wollte Volker aufspringen, doch Hagen hielt ihn zurück. Er legte sein Schwert quer über die Knie. Der goldene Knauf blinkte in der Sonne, und ein grüner, in den Knauf eingelassener Edelstein strahlte auf. Da erkannte Kriemhild, daß Hagen Balmung, das Schwert Siegfrieds, bei sich trug.

Sie merkte, daß er sie reizen wollte, und fragte: »Warum nur bist gerade du hierher gekommen? Jedesmal, wenn mein Blick auf dich fällt, schießt der Haß in mir hoch. Bekenne, hast du Siegfrieds Tod auf dem Gewissen? Ich weiß es, aber ich will es aus deinem eigenen Munde hören.«

Hagen antwortete: »Ich will mich nicht herausreden. Jawohl, ich habe Siegfried getötet.«

Da rief Kriemhild die Hunnen zum Kampf. Doch einer nach dem anderen senkte den Blick. Sie erinnerten sich an die zweiundzwanzig Schlachten, in denen Hagen für die Hunnen gekämpft und gesiegt hatte. Auch Volkers kräftige Gestalt flößte ihnen Furcht ein. Zu all dem hatte Hagen das Schwert Balmung in der Hand. Da stahlen sie sich davon. Kriemhild sah voller Erbitterung, daß da keiner war, der für sie kämpfen wollte. Sie ging traurig in

ihre Gemächer zurück.
Hagen und Volker aber folgten Etzels Einladung, und sie zogen mit den burgundischen Fürsten in den Festsaal ein. Dietrich von Bern schritt neben König Gunther, Irnfried nahm Gernot bei der Hand, und Rüdiger führte seinen Schwiegersohn Giselher in das Gebäude. Sie gelangten alle in die große Halle, die Männer aus dem Land der Amelunger, Rüdigers Leute, die Hunnenfürsten aus Etzels Land und auch die Gäste aus Burgund.
Etzel eilte ihnen entgegen und rief: »Willkommen, ihr Gäste, seid mir und meiner Frau herzlich willkommen.«
Und dann boten er und seine Fürsten den Burgundern die eigenen Sitzplätze an. So

mancher Becher mit gutem Wein wurde zur Begrüßung getrunken. Endlich bat König Gunther: »Wir sind vom weiten Ritt müde, König Etzel. Wir wollen in unsere Quartiere gehen.«
Da endete das Fest. Die Burgunder wurden in einen Saal geführt. Darin waren viele bequeme Schlafstätten hergerichtet. Kostbares und seltenes Pelzwerk war ausgebreitet worden, Bärenhäute und Decken von schneeweißen Hermelinfellen, ja sogar braunglänzender Zobelpelz. Etzel hatte es an nichts fehlen lassen. Dennoch beschlich die Burgunder eine Vorahnung von all dem Schlimmen, das die nächsten Tage bringen sollten.
Giselher seufzte: »Ob wir jemals unsere Heimat wiedersehen?«

Hagen und Volker übernahmen die Türwache. Die kürzeste Nacht im ganzen Jahr war lau und von einem seltsam schimmernden Licht.
Volker nahm seine Fiedel zur Hand. Er spielte die Lieder aus der Heimat am fernen Rhein, und die süßen Melodien verdrängten die trüben Gedanken.
Kriemhild aber schlief nicht. Spät in der Nacht befahl sie den Hunnen: »Schleicht euch in den Gästesaal. Einen nur sollt ihr ums Leben bringen. Das ist Siegfrieds Mörder. Solange Hagen lebt, finde ich keinen Frieden.«
Da machten sich die Hunnen auf den Weg. Volker sah im Sternenlicht ihre Helme blitzen. Die Hunnen bemerkten, daß die Tür bewacht war. Sie konnten Hagen nicht

im Schlaf überraschen.
Da zogen sie sich vorsichtig zurück. Volker rief ihnen Spottworte nach.
Der Morgen kam mit einem frischen Wind. Die beiden Wächter weckten ihre Männer. Die Glocken läuteten und luden zur Messe in die Kirche. Die Nibelungen begannen damit, ihre festlichen, reich mit Goldplättchen und Edelsteinen verzierten Kleider anzuziehen. Doch Hagen rief: »Ihr Männer, vergeßt nicht, wo ihr seid. Nehmt statt Rosen Schwerter in die Hand, schmückt euer Haupt nicht mit Kränzen, sondern bindet den Helm fest. Euern Schild legt während der Messe griffbereit nieder. Wir werden heute kämpfen müssen. Vor allem aber, laßt euch nicht einschüchtern. Kommt euch einer zu nahe,

dann wehrt euch nach Kräften.«
Sie zogen in die Kirche wie in eine Feldschlacht. König Etzel wunderte sich darüber sehr. Aber Hagen von Tronje gab ihm die Auskunft, das sei die Sitte am Rhein.
Hagen stellte sich neben Volker so in das Kirchenportal, daß Kriemhild sich hindurchzwängen mußte.
Die Hunnen wurden zornig, weil die Fremden ihre Königin so schlecht behandelten. Sie wollten schon zu den Waffen greifen, Etzel jedoch gebot ihnen, sich friedlich zu verhalten. Nach der Messe begannen allerlei wilde Reiterspiele.
Dietrich von Bern aber und auch der Markgraf Rüdiger hielten ihre Männer von den Kampfspielen fern.

Dietrich und Rüdiger ahnten, daß unter der Maske des Spiels Haß und Feindschaft glühten. Viele erfahrene Kämpfer beteiligten sich am Buhurt. Hawart und Irnfried, Iring und Giebiche traten zum Turnier an. Als Etzels Bruder Blodelin mit seinen Hunnen unglaubliche Reiterkunststücke vorführte, da klatschten viele Beifall. Nach einiger Zeit waren Rosse und Reiter schweißnaß. König Gunther befahl, daß seine Leute die Herberge aufsuchen sollten. Mann und Tier hätten wohl eine Pause verdient. Volker bemerkte einen vornehmen hunnischen Reiter, der farbenprächtig wie eine Frau gekleidet war. Der näherte sich den Burgundern und tat so, als wolle er sie zum Kampf herausfordern. Volker ärgerte sich darüber und geriet in

Zorn. Obwohl Gunther ihn mahnte, den Hunnen in Frieden zu lassen, preschte Volker vorwärts und durchbohrte ihn mit seiner Lanze. Da wallte große Empörung unter den Hunnen auf. Sie ritten auf Volker zu. Hagen eilte seinem Freund mit vielen Reitern zu Hilfe. Auch die Könige sahen sich gezwungen, sich auf die Seite Volkers zu stellen. Jeden Augenblick drohte es, zu einem heftigen Kampf zu kommen. Von Spiel konnte keine Rede mehr sein.

Etzel und Kriemhild hatten vom Balkon aus dem Buhurt zugeschaut. Der Hunnenkönig eilte in den Hof und drängte seine eigenen kampfbereiten Männer zurück. Er wollte den Streit um jeden Preis vermeiden, ja, er stellte Volkers böse Tat sogar als einen

Unfall dar. Seine Männer murrten. Etzel aber drohte, er wolle jedem den Kopf abschlagen lassen, der Streit suche. Dann begleitete er selber die Burgunder in ihre Halle zurück und lud sie zu einem Festmahl am Abend zu sich in die Burg ein.

Kriemhild aber wandte sich an Hildebrand und Dietrich von Bern und bat: »Helft mir, meine Freunde. Hagen muß seine Schuld büßen. Helft mir, ihn zu töten.« Und sie bot ihnen zum Lohn all ihre Schätze an.

»Für kein Geld in der Welt würde ich mich auf so etwas einlassen«, wehrte Hildebrand ab. »Mord und Totschlag ohne Ende werden folgen, wenn wir nach deinem Willen handeln.«

Dietrich redete Kriemhild zu, ihren Racheplan aufzugeben. »Es sind schließlich deine eigenen Landsleute, deine Brüder, die du selbst in dieses Land eingeladen hast. Ich werde das Gastrecht heilig halten und meine Hand nicht gegen die Burgunder erheben.«

Kriemhild ließ sich nicht umstimmen. Sie ging von Dietrich zu Blodelin. Der wußte gut, daß sein Bruder Etzel jeden Kampf streng verboten hatte. Auch als Kriemhild ihm das ganze Land versprach, das einst Nudung gehört hatte, dazu Geld und Gold, soviel er nur wollte, blieb Blodelin standhaft.

Kriemhild aber kannte seinen geheimsten Wunsch. Sie sagte zu ihm: »Wenn du mir beistehst, dann verspreche ich dir, daß du

Nudungs schöne junge Witwe zur Frau erhältst.«
Da zögerte der Hunnenfürst nicht länger. Er befahl seinen Männern, sich zu bewaffnen. So hatte Kriemhild den Bruder des Hunnenkönigs für ihre Pläne gewonnen. Noch aber sollte alles im Geheimen bleiben.
Währenddessen begann im Festsaal das Mahl. Köstlichkeiten aus dem ganzen großen Hunnenreiche wurden herbeigetragen. Es schien so, als ob doch noch alles gut werden könnte.
Etzel ließ seinen Sohn, den kleinen Ortlieb, hereintragen. Das Kind wurde von Mann zu Mann weitergereicht. Etzel sprach: »Liebe Freunde, Ortlieb ist das einzige Kind, das Kriemhild und ich miteinander

haben. Ich schlage vor, daß ihr eueren Schwestersohn mit nach Worms nehmt und ihm dort die Künste eines Ritters beibringt. Ist er ein kühner, junger Mann geworden, dann will ich ihm dreißig Besitztümer und die Herrschaft über ein großes Land geben.«

Hagen aber verhöhnte Etzel und antwortete: »Ich glaube, das Kind ist ein Schwächling. Ich jedenfalls will nicht sein Waffenmeister sein.«

Diese rauhe Rede schmerzte Etzel sehr, und er mußte sich zwingen, das Gastrecht zu wahren.

Blodelin war inzwischen mit seinen bewaffneten Männern zu der Herberge gegangen, in der die Knechte der Burgunder untergebracht worden waren.

Dankwart saß mit ihnen am Tisch, als Blodelin eintrat. Er begrüßte Etzels Bruder freundlich. Doch Blodelin entgegnete finster: »Laß den Gruß. Ihr müßt alle mit eurem Leben dafür bezahlen, daß Hagen, dein Bruder, Siegfried hinterrücks erstochen hat.«

»Ich war damals fast noch ein Kind«, antwortete Dankwart. »Mit dem Tode Siegfrieds habe ich nichts zu schaffen.«

Aber Blodelin zog sein Krummschwert und drang auf Dankwart ein. Der wehrte sich, und es gelang ihm ein tödlicher Hieb gegen Blodelin. Als die Hunnen ihren Herrn zu Boden sinken sahen, da schwangen sie ihre Waffen und töteten viele von den burgundischen Leuten. Die verteidigten sich, so gut es gehen mochte.

Weil die meisten ihre Waffen schon abgelegt hatten, griffen sie zu Stühlen und Tischen. Sie konnten die Hunnen zwar aus der Herberge hinausdrängen, aber die rückten in noch größerer Zahl erneut vor. Schließlich mußte Dankwart einsehen, daß seine Sache verloren war. Er kämpfte sich Schritt für Schritt bis zur Tür durch und weiter über den Platz dem Festsaal zu. Wie wütende Hunde sich bei der Jagd ins Fell des Ebers verbeißen, so drangen die Hunnen auf ihn ein. Mit größter Mühe nur vermochte er sie abzuschütteln. Doch sie warfen Speere nach ihm. Einige der schweren Stangen blieben in Dankwarts Schild stecken. Da mußte er ihn zu Boden fallen lassen. Hagens Bruder stürmte die Treppe zum Saal hinauf. Er stieß die

Diener heftig beiseite. Die Speisen, die sie in goldenen Schüsseln herbeitrugen, fielen auf den Boden. Dankwart riß die Tür auf. Da stand er, vom blutigen Kampfe gezeichnet, die blanke Waffe in der Hand. »Verrat!« schrie er. »Mein Bruder Hagen, all unsere Knechte sind tot. Blodelin mit seinen Hunnen ist über uns hergefallen. Ich allein habe mich durchkämpfen können.« Hagen sprang so heftig auf, daß der Stuhl umstürzte. »Bleibe an der Tür, Dankwart«, befahl er. »Kein Hunne soll den Verrätern hier drinnen zur Hilfe kommen. Mit viel schönen Worten hat Kriemhild uns in dieses Land gelockt. Willkommene Gäste sollten wir sein. Wir wollen ihr den Lohn geben für alles, was sie uns Böses getan hat. Und auch Etzels Wein werden wir mit

unseren Schwertern bezahlen.«
In Zorn und Schmerz über das, was Dankwart ihm gemeldet hatte, griff er nach Etzels Sohn Ortlieb und tötete das Kind. Wild hieb er um sich und stürzte sich wütend auf Werbelin, weil der weiter auf seiner Fiedel spielte. Er schlug dem Spielmann die Hand ab. Der schrie vor Schmerz auf: »Was habe ich dir getan, Hagen von Tronje?« Verzweifelt rief er: »Nie mehr werde ich meine Fiedel spielen können.«
Aber Hagen hörte gar nicht hin, sondern drang heftig auf die Hunnen ein. Sein Freund Volker schwang sich auf den schweren Tisch und strich seine Fiedel zu einem wilden Lied. Geigenton und Schwertklingen mischten sich zu einer

grausamen Musik. Die burgundischen Könige versuchten vergebens, die Streithähne auseinanderzudrängen, aber die waren wie blind vor Wut. Immer mehr Männer wurden in den schrecklichen Kampf hineingezogen. Schließlich blieb nichts anderes mehr übrig, die Könige mußten ihr Schwert ziehen und sich der eigenen Haut wehren. Der Kampfeslärm drang bis weit nach draußen in den Hof. Die Hunnen wollten ihrem Herrn zu Hilfe eilen. Dankwart kam an der Tür in arge Bedrängnis. Da ließ Volker seine Fiedel fallen und half ihm. Rücken an Rücken standen sie und versperrten die Tür nach innen und außen wie hundert Riegel. Was nützte es nun Etzel, daß er ein mächtiger König war. Keiner hatte auf ihn gehört, als

er den Streit schlichten wollte.
Kriemhild sah entsetzt zu, was im Saale geschah. Sie rief nach Dietrich von Bern. Der und auch Rüdigers Männer hatten sich vom Streit der Burgunder und Hunnen zurückgehalten. Als Kriemhild in ihrer Todesnot nicht nachließ und ihn anflehte, ihr Leben zu retten, da sprang Dietrich auf einen Tisch. Er rief nach Gunther, und seine Stimme dröhnte wie der Klang aus einem Wisenthorn. Durch all den Waffenlärm hindurch hörte Gunther den Ruf des Amelungers. Da befahl der Burgunderkönig, den Kampf einzustellen. Tatsächlich senkten alle ihre Schwerter.
»Warum rufst du nach mir, Freund?« fragte Gunther.
Dietrich antwortete: »Ich will mit diesem

Streit nichts zu schaffen haben. Laß mich und meine Leute aus dem Saal hinaus. Wir sind eure Freunde, aber nicht die Feinde der Hunnen. So soll es bleiben.«

Da mischte Dietrichs Gefährte Wolfhart sich ein und rief bissig: »Warum bittest du um freien Abzug, Dietrich? Wir werden uns die Tür schon freikämpfen.«

Dietrich wies ihn zurecht und fuhr ihn an: »Zum Teufel mit diesem Wort. Ich bin es, der die Befehle gibt.«

Gunther trat auf Dietrich zu, schloß ihn in die Arme und sagte: »Dietrich, mein Freund, gern will ich deine Bitte erfüllen. Geh mit deinen Leuten. Nimm mit aus dem Saale, was dir lieb ist.« Kriemhild zitterte vor Angst. Aber Dietrich von Bern sprang vom Tisch, trat auf sie und König

Etzel zu, legte einen Arm um Kriemhilds Schulter und den anderen um Etzel und führte beide ins Freie. Mit ihm zogen alle seine Leute. Markgraf Rüdiger sah, daß König Etzel den Saal heil verlassen hatte. Da bat er: »Laß auch mich und die Männer aus meiner Mark hinaus. Wir stehen zwar in König Etzels Diensten. Aber das Gastrecht ist uns heilig. Ich habe euch in meinem Hause empfangen. Wie könnte ich das Schwert gegen euch heben?«
Giselher antwortete seinem Schwiegervater: »Wir wissen, Rüdiger, daß du unser Freund bist. Mit dir wollen wir Frieden halten.«
So zogen Dietrich und Rüdiger mit vielen Gefährten hinaus aus Etzels Burg und gingen in ihre Herbergen. Beide verboten

ihren Leuten, sich auf irgendeine Weise in den Streit einzumischen. Drinnen im Saal aber flammte der Kampf wieder auf und dauerte an, bis kein einziger der vornehmen Hunnen mehr lebte. Die Toten wurden aus dem Saale ins Freie geschleift. Hagen und Volker verspotteten Etzel und Kriemhild mit bösen Worten.

Etzel sah voll Trauer seine Fürsten tot daliegen. Volker rief: »Ich sehe viele weinen, die Etzels Brot gegessen haben. Wo bleiben sie denn, seine Helden, wenn ihr König in Not gerät? Sie lassen ihn allein, wenn es gefährlich wird.«

Das hörte auch Markgraf Iring, der Däne. »Ich will für Etzel kämpfen«, rief er, legte seine Brünne an und griff nach den Waffen. Hawart und Irnfried von Thüringen und

viele ihrer Leute wollten ihm nicht von der Seite gehen.
Doch er bat sie, zurückzubleiben, weil er Hagen allein entgegentreten wollte.
Mit großem Mut rannte er Hagen an, doch der wehrte sich und drängte Iring zurück.
Da stürzte sich Iring nacheinander erst auf Volker, dann auf Gunther und Gernot.
Der Burgunderkönig hätte Iring beinahe überwunden.
Iring mußte zwar zurückweichen, aber er tötete vier Burgunder, die sich ihm in den Weg stellten. Da trat Giselher ihm entgegen und versetzte dem Dänen einen Schwerthieb, daß er wie tot zu Boden sank.
Iring war jedoch nur besinnungslos und erwachte wenig später aus seiner Ohnmacht. Er sprang auf die Füße, griff

nach seinem Schwert Waske, versetzte Hagen einen mächtigen Hieb und schlug ihm eine Wunde. Zornig drang Hagen auf Iring ein. Der warf seinen Schild auf den Rücken und floh. Kriemhild lobte Iring über alle Maßen.

»Es tröstet mich«, rief sie so laut, daß die Burgunder es hörten, »es tröstet mich, daß Hagens Blut fließt, denn er ist's, der Siegfrieds Blut vergossen hat.«

Von Kriemhilds Lob angestachelt trat Iring Hagen noch einmal gegenüber. Doch der schleuderte einen Speer mit solcher Gewalt, daß er durch Irings Panzer drang. Todeswund schleppte sich Iring zurück. Was half es, daß seine besten Freunde Irnfried und Hawart mit all ihren Männern die Burgunder zu bezwingen suchten. Als

der sommerlange Tag der Sonnenwende sich dem Abend zuneigte, da lagen sie alle erstochen und erschlagen. Und noch einmal mußten die Nibelungen ihre Helme fester binden, als Kriemhild und Etzel hunnische Kämpfer gegen sie aussandten. Aber sie hielten allen Angriffen stand.
So hatte sich Kriemhild die Rache an Hagen wohl nicht gedacht. Da baten ihre Brüder am Abend den Hunnenfürst:
»König Etzel, laß uns heimwärts nach Burgund ziehen. Dieser schreckliche Tag hat genug Leid und Not über uns alle gebracht.«
Etzel antwortete: »Schande und hundertfacher Mord ist mit euch in unser Land eingezogen. Ihr habt mein Kind umgebracht, meine Freunde getötet. Keiner

von euch soll lebend davonkommen.«
Da riefen die Burgunder: »Wenn das dein Wille ist, Etzel, wenn du das Gastrecht so verstehst, dann rufe schnell deine Scharen herbei. Wir wollen keinen langen Kampf. Unser schneller Tod wäre für alle eine Erlösung.«
Da empfanden viele Hunnen Mitleid mit den Burgundern und hätten ihnen gern freien Abzug gewährt. Doch Kriemhild blieb unerbittlich und stachelte sie auf, den Kampf fortzusetzen.
»Niemals habe ich dir etwas Böses angetan«, rief Giselher ihr zu. »Du warst meine liebe Schwester. Hast du uns deshalb so freundlich eingeladen, weil du uns alle hier zu Tode bringen willst? Ich bitte dich um unserer

Mutter Ute willen, laß uns wegziehen aus König Etzels Land.«

»Gut«, antwortete Kriemhild. »Du sagst es zu Recht: Ihr seid meine Brüder. Aber da ist Hagen von Tronje. Tausendfaches Leid hat er mir angetan. Laßt den Mörder meines Mannes und meines Sohnes als Gefangenen hier. Dann mögt ihr in Frieden ziehen.«

Gernot war der erste, der sich an Hagens Seite stellte. Giselher sagte: »So müssen wir denn alle sterben. Wir lassen keinen unserer Freunde im Stich.«

Und auch Dankwart sprach: »So lange wir das Schwert noch zu heben und den Speer noch zu schleudern vermögen, so lange wird Hagen nicht allein stehen.«

Da befahl Kriemhild, die Burgunder in den

Saal zurückzudrängen. Viele Speere flogen, und tausend Pfeile schwirrten. Die Burgunder zogen sich Schritt für Schritt in den Saal zurück.

Kriemhild wies die Hunnen an, das ganze Gebäude an allen vier Ecken zugleich anzuzünden.

Die Flammen schlugen hoch, Hitze und Rauch setzten den Burgundern hart zu. Auf Hagens Geheiß stellten sie sich in die Nischen der Wände, damit sie nicht von den herunterstürzenden Balken getroffen werden konnten. Das steinerne Deckengewölbe überstand die Feuersbrunst und brach nicht ein. Obwohl die Sommernacht nur wenige Stunden dauerte, kam sie den Burgundern vor wie die längste Nacht in ihrem Leben.

Giselher spürte als erster den kühlen Hauch des Morgenwindes. Er weckte die Männer aus ihrem Dämmerschlaf und sagte: »Was für ein fürchterliches Fest hat unsere Schwester uns bereitet. Nur ein Wunder kann uns noch retten.«
König Etzel und wohl alle Hunnen dachten, daß die Nibelungen in den Flammen umgekommen wären. Doch als die Burgunder sich in den Fenstern zeigten, stürmten sie die Stufen hinauf und dachten, es würde ein leichter Sieg für sie.
Die Burgunder aber standen zusammen wie ein Mann und waren nicht zu überwinden. Da kam Rüdiger von Bechlaren in die Etzelsburg und wollte erfahren, was aus dem erbitterten Streit geworden war.
Als er das Elend sah, kamen ihm die

Tränen. Er schickte eilends einen Boten zu Dietrich von Bern, weil er hoffte, der könnte vielleicht einen Ausweg finden. Aber der Bote kam zurück und überbrachte Dietrichs Antwort: »Zuviel Leid ist geschehen. König Etzel wird keinen der Burgunder entkommen lassen. Ich kann das nicht verhindern.«
Einer der hunnischen Kämpfer sah den Markgrafen Rüdiger dort voller Trauer stehen. Da sprach er so laut zu Kriemhild und Etzel, daß Rüdiger es hören mußte: »Schaut euch den da an«, und er zeigte auf Rüdiger. »Ihr habt große Stücke von eurem Markgrafen gehalten. Wieviele Burgen habt ihr ihm geschenkt! Stets habt ihr diesen Mann allen Hunnen vorgezogen und Rüdiger mit Ehren überhäuft. Und

nun? Nun steht er da, als ob ihn das alles nicht beträfe. Tapfer und kühn soll er sein? Nicht einen Schwertstreich hat er für seinen König gewagt.«

Da hob Rüdiger im Zorn seine Faust gegen den Hunnen und schlug ihn nieder. Etzel aber sagte: »Das also ist deine Hilfe, Markgraf. Statt gegen unsere Feinde zu streiten, erschlägst du einen Mann, der für mich kämpft.«

»Wie kann ich mein Schwert gegen die Burgunder heben?« klagte Rüdiger. »Ich habe sie in dieses Land geführt, habe sie zu deiner Burg gebracht und ihnen freies Geleit zugesichert. Wie kann ich also gegen diese kämpfen, die mir vertraut sind?«

Kriemhild aber erinnerte ihn: »Hast du uns nicht die Treue geschworen? Wir haben dir nur Gutes getan. Und jetzt läßt du uns in höchster Gefahr im Stich. Denke an deinen Eid!« Und Etzel und Kriemhild warfen sich vor Rüdiger auf die Knie nieder und baten um seine Hilfe. Rüdiger reckte die Arme zum Himmel und rief: »Weh mir! Wie ich mich auch entscheide, immer ist es böse und falsch. Und wenn ich gar nichts unternehme und beiseite stehe, so werden mich alle für einen ehrlosen Menschen halten. Gott steh mir bei, was soll ich tun?« Gern hätte er Etzel den Gehorsam versagt, aber hatte er ihm nicht die Treue versprochen? Rüdiger bot dem König der Hunnen all seinen Besitz an, wollte als Bettler mit Frau und Kind das Land verlassen und ins Elend gehen, doch Etzel rührte das alles nicht und auch nicht, daß

Rüdiger ja Giselher die einzige Tochter zur Frau gegeben hatte. So mußte Rüdiger sich denn zum Kampfe rüsten. Er schritt mit seinen Männern die Treppe zum Saal hinauf. Giselher sah seinen Schwiegervater als erster.
»Da kommt unsere Rettung!« rief er mit neuem Mut. »Rüdiger will uns beistehen.«
Wie groß war der Schrecken der Nibelungen, als sie erkennen mußten, daß Rüdiger gegen sie kämpfen wollte.
Volker sprach voller Bitterkeit: »Durch unseren Tod will Rüdiger sich bei Etzel Gunst und Reichtum erwerben.«
Rüdiger aber entgegnete: »Wehrt euch. Ich wollte euch Freude bringen und Freundschaft. Und nun muß ich euer Feind sein und euer Leid vermehren.« Gernot

erinnerte ihn: »Du selbst hast mir vor einigen Tagen ein wunderbares Schwert geschenkt. Soll ich es heute gegen dich erheben?«

Giselher drohte: »Wenn einer von uns, Rüdiger, durch deine Hand stirbt, dann sage ich mich los von deiner Familie und auch von deiner schönen Tochter.« Aber das alles konnte nicht helfen. Verzweifelt zog Rüdiger sein Schwert und wollte kämpfen. Hagen aber hob seine Hand und rief: »Beginne den Kampf nicht, Rüdiger! Du bist mein guter Freund. Hast du vergessen, daß du mir den Schild deines einzigen Sohnes Nudung gegeben hast? Der Schild ist zerbrochen und zerschlagen. Hätte ich einen Schild, der so gut ist wie der, den du am Arme trägst, dann brauchte

ich mich vor keinem Kampfe zu fürchten.«
Da nahm Rüdiger seinen eigenen Schild und schenkte ihn Hagen. Dabei sagte er: »Freund, ich wünsche mir nichts mehr, als daß du diesen Schild noch im Burgunderlande tragen kannst.«
So hart Hagen auch war, es packte ihn doch Rüdigers Edelmut bis ans Herz, und er rief aus: »Nie auf der Erde hat es einen besseren Mann gegeben als dich, Rüdiger von Bechlaren. Ich werde meine Hand nicht gegen dich erheben, und wenn du auch alle Burgunder erschlägst.« Wie Hagen sich entschied, so tat es auch Volker. Auch er wollte nicht gegen Rüdiger kämpfen.
Der Streit begann, und Rüdiger gewann so manchen Zweikampf. Giselher ging ihm

aus dem Wege und kämpfte an der anderen Seite des Saales.
Da schrie Gernot: »Willst du denn alle meine Leute erschlagen?« und er stellte sich Rüdiger in den Weg. Er traf den Markgrafen und tötete ihn mit eben dem Schwert, das dieser ihm geschenkt hatte. Zugleich hatte Rüdiger mit seinem letzten Schlag Gernot getroffen. Beide sanken zu Boden.
Nach Rüdigers Tod griffen auch Hagen und Volker in den Kampf ein. Schließlich konnten sie die Männer von Bechlaren überwinden. Erschöpft hockten sich einige Nibelungen auf den Boden, andere lehnten sich ermattet gegen die Wände. Es war vollkommen still.
Kriemhild klagte laut und rief Etzel zu:

»Rüdiger hat seinen Schwur gebrochen. Du wirst es sehen, er kämpft den Burgundern den Weg in ihre Heimat frei.« Volker hörte das und rief erbittert: »So etwas kannst auch nur du denken, du falsche Frau. Rüdiger hat für euch gestritten und ist für Etzel in den Tod gegangen. Wen hast du jetzt noch, der für dich kämpfen will?«
Und er trug Rüdigers Leiche ins Freie, so daß alle ihn sehen konnten. Es erhob sich so laute Klage und Wehgeschrei, daß es bis vor die Etzelsburg in Dietrich von Berns Lager schallte. Die Amelunger vermuteten, daß Etzel oder Kriemhild umgekommen wären. Dietrich sandte Helferich als Späher aus. Der kam mit der ungeheuerlichen Nachricht zurück, daß Rüdiger und alle

seine Leute von den Burgundern zu Tode gebracht worden seien.
»Das ist nicht möglich«, stieß Dietrich entsetzt hervor. »Womit hätte Rüdiger das verdient? Er war doch ein Freund der Burgunder.«
Wolfhart wollte schon zu den Waffen greifen, aber Dietrich schickte seinen Waffenmeister Hildebrand in die Burg. Er sollte die Wahrheit der Botschaft prüfen. Wolfhart setzte es durch, daß Hildebrand seine Brünne anlegte, den Helm aufband und sich mit dem Schwert gürtete, wie er selbst. Andere aus der Schar der Amelunger schlossen sich an. Sie erfuhren es von Hagen selbst, daß Rüdiger im Kampfe gefallen war. Da waren bei den Amelungern Trauer und Bestürzung groß.

Sigesstab klagte: »Was für ein Mann mußte durch euch sterben. Jeder, der Hilfe brauchte, hat sie von Rüdiger bekommen.«
»Die arme Gotelind«, sagte Wolfwein leise.
Zornig fragte Wolfhart: »Wer soll jetzt die Grenze schützen?«
Alle, die mit Hildebrand gegangen waren, Wolfbrand und Helmrich, Helferich und Helmnot, alle Freunde Dietrichs brachen in Weinen aus.
Hildebrand aber bat, daß die Burgunder ihnen Rüdigers Leichnam übergeben sollten.
»Wir sind wie er Fremdlinge in diesem Land. Wir wollen ihn begraben.«
König Gunther wollte schon zustimmen.
Volker aber rief: »Holt ihn euch doch, wenn ihr so tapfer seid.«

Wolfhart entgegnete: »Reize uns nicht zum Zorn, Spielmann. Dietrich, unser Herr, hat uns verboten zu kämpfen, sonst wollten wir dir schon zeigen, wer der Stärkere ist.«
Volker jedoch trieb den Spott auf die Spitze und antwortete mit einer Redensart:
»Wer alles lassen will, was man verboten hat, der fürchtet sich zu viel.«
»Hüte deine Zunge«, rief Wolfhart. »Sonst stimme ich dir die Saiten auf deiner Fiedel.«
»So komm und hole dir meine Fiedel, wenn du den Mut dazu hast«, war Volkers Antwort. Selbst Hildebrand vermochte den zornigen jungen Mann nicht länger zurückzuhalten. Wie ein Löwe stürzte sich Wolfhart in den Kampf.
Seine Freunde taten es ihm nach.

Hildebrand konnte nicht länger abseits stehen und warf sich in das Kampfgetümmel. Der erste, der von Dietrichs Leuten zu Tode kam, war der junge Sigesstab, ein naher Verwandter Dietrichs. Er fiel durch Volkers Hand. Das sah Hildebrand. Er trat Volker entgegen. Kurz war der Kampf, und für immer sanken dem Spielmann Schwert und Fiedel aus der Hand.

So kämpften sie Mann gegen Mann. Helferich wurde von Dankwart erschlagen, Giselher und Wolfhart trafen aufeinander. Schwer getroffen ließ Wolfhart seinen Schild fallen, und mit der letzten Kraft brachte er Giselher den Tod. Schließlich standen von den Burgundern nur noch Gunther und Hagen.

Als Hildebrand sah, daß auch sein Neffe Wolfhart zu Tode getroffen war, lief er zu ihm und wollte ihn aus der Halle tragen. »Hüte dich vor Hagen«, flüsterte Wolfhart ihm zu, »und weine nicht um mich.« Hagen, voll Verzweiflung über den Tod seines besten Freundes Volker, begann nun, auf Hildebrand einzuschlagen. Der wehrte sich nach Kräften. Das herrliche Schwert Balmung aber, das Hagen dem Siegfried geraubt hatte, durchschnitt Hildebrands Panzer und fügte dem Amelunger eine Wunde zu. Da warf Hildebrand seinen Schild auf den Rücken und floh.
Er kehrte zu Dietrich von Bern zurück. »Ich habe dich als Boten ausgesandt«, fuhr Dietrich ihn zornig an. »Jeden Kampf habe

ich dir verboten. Warum hast du dich nicht daran gehalten?«
Hildebrand antwortete: »Wir wollten Rüdigers Leichnam holen. Darüber ist es zum Streit gekommen.«
»Rüdigers Leichnam? Wer hat Rüdiger getötet?« fragte Dietrich.
»Das hat Gernot getan. Aber er hat es mit seinem Blut bezahlt«, sagte Hildebrand. Da befahl Dietrich ihm, daß seine Kampfgefährten sich rüsten sollten. Hildebrand fiel die Antwort schwer. »Alle, alle«, sagte er, »alle sind im Kampf gegen die Burgunder gefallen.« Jähes Entsetzen packte da Dietrich von Bern, und er rief laut ihre Namen, als ob er sie ins Leben zurückrufen wollte: »Wolfhart, du warst mir so lieb wie ein Sohn«, schrie er,

»Sigesstab und Wolfwein, Wolfbrand und Helferich, Wichert und Gerbart, alle, alle tot. Ach, es wäre besser, ich wäre nie geboren. Einst war ich König. Jetzt bin ich nur noch der arme Dietrich.« Nach einer Weile fragte er leise: »Und wer lebt von den Nibelungen noch?«
»Nur König Gunther und Hagen von Tronje«, antwortete Hildebrand.
»So komm, Hildebrand, dann müssen auch wir uns den Burgundern entgegenstellen.«
Hagen sah die beiden herankommen. »Ich will es wohl mit Dietrich aufnehmen«, sagte er. Doch der Arm war ihm schwer vom langen Streiten.
Dietrich versuchte es noch einmal, den Kampf zu verhindern.

»Ergebt euch beide mir als Geisel«, sagte er. »Es ist genug gestritten. Ich werde euch heil nach Worms zurückbringen. Das verspreche ich.«
»Warum sollten wir uns ergeben?« fragte Hagen finster. »Neben dir steht nur Hildebrand. Und der ist erst vor kurzem wie ein Hase vor mir davongelaufen.«
»Schweig du«, antwortete Hildebrand heftig. »Erinnerst du dich noch daran, wie wir gemeinsam am Wasgenstein gekämpft haben? Da gäbe es manches von Hagens Furcht zu erzählen.«
»Laßt die alten Geschichten«, sagte Dietrich. »Wenn Hagen gegen mich antreten will, dann soll er seinen Willen haben.«
Geschickt wich Dietrich dem Schwert

Balmung aus und fügte dem Tronjer eine schwere Wunde zu. Er merkte, daß Hagen zu Tode erschöpft war. Da ließ er plötzlich seinen Schild fallen und umschlang Hagen so fest mit seinen starken Armen, daß der Burgunder wehrlos war. Dietrich fesselte ihn und führte ihn zu Kriemhild. Die dankte Dietrich voller Freude. Doch Dietrich sagte: »Laß ihm das Leben. Er soll dir dienen und so gutmachen, was er getan hat.« Da brachte Kriemhild Hagen in eine Zelle und schloß ihn dort ein.

Auch gegen Gunther gewann Dietrich von Bern. Verwundet und zu Tode matt mußte sich der letzte Burgunder dem Amelunger beugen. Er wurde wie Hagen gebunden und in Kriemhilds Obhut gegeben.

»Niemals zuvor hat es solch tapfere

Geiseln gegeben, Königin«, sagte Dietrich. »Denke daran, daß ich der Freund dieser Männer bin, und tu ihnen kein Leid an.« Das versprach Kriemhild ihm.
Während Dietrich zum Lager zurückging, trat Kriemhild vor Hagen hin und sagte: »Wenn du mir den Nibelungenschatz wiedergeben willst, dann werden Gunther und du mit dem Leben davonkommen.«
»Ich habe geschworen«, antwortete Hagen, »nie und nimmer soll ein Mensch erfahren, wo der kostbare Hort versenkt worden ist, nie und nimmer, solange ein Burgunderkönig lebt.«
Da beschloß Kriemhild, ihre Rache zu vollenden. Sie ließ ihrem Königsbruder Gunther den Kopf abschlagen und trat mit seinem Haupt in der Hand vor Hagen hin.

Hagen aber sagte: »Nun sind alle Burgunder tot. Du aber, Teufelin, wirst nie erfahren, wo der Schatz verborgen liegt.«
Da sprach Kriemhild: »Du hast mir meinen Liebsten treulos umgebracht. Stirb nun selbst durch Siegfrieds Schwert.«
Sie zog Balmung aus der Scheide. So starb

Hagen durch die Hand einer Frau. Als Hildebrand das hörte, drang er zu Kriemhild vor und tötete sie.
Das war nun aus König Etzels Fest geworden, wo Freude sein sollte, herrschten Leid, Tod und Trauer für lange und lange Zeit.

Die Lieder sind verklungen, geborsten
Schwert und Schild.
Die Fiedel ist zersprungen, wie tot lag das
Gefild.
Das Böse hat geboren Verrat und Leid und
Tod
Bis alle ganz verloren. Das war der
Nibelungen bittre Not.